AF300619

Christoph-Maria Liegener

Atithi

Die Botschaft der Alien-Frau

Herstellung und Verlag:
BoD – Books on Demand, Norderstedt
Cover-Bild: Shutterstock

ISBN:
9783754320891

Inhalt

Die Befruchtung

Max nahm die Hundeleine, pfiff den Hund herbei und sagte zu seiner Frau Lisa:

„Ich gehe mit Bello raus."

„Viel Spaß!", antwortete Lisa.

Alsdann führte Max Bello in den Stadtpark und ließ ihn sein abendliches Geschäft verrichten. Alles wie üblich. Der Sternenhimmel über ihm ließ ihn in tiefe Gedanken versinken. War sein Leben nicht zu einem eintönigen Trott geworden? Es schien ihm so langweilig zu sein und nichtssagend im Angesicht des Universums, das sich über ihm öffnete.

Da trat plötzlich hinter einem Gebüsch die schönste Frau hervor, die er je gesehen hatte, nackt wie die schaumgeborene Venus.

Sie ging geradewegs auf ihn zu, nahm ihn wortlos bei der Hand und zog ihn ins Gebüsch. Wie hätte er sich da sträuben können?!

Sein Gehirn schaltete in den Stand-by-Modus um. Atavistische Triebe aus dem Untergrund seiner Persönlichkeit hatten die Steuerung übernommen und sagten ihm, er solle mal abwarten, was aus der Sache wird. So zierte er sich nicht, als die schöne Unbekannte sich anschickte, Sex mit ihm zu haben. Eine Prostituierte war sie wohl nicht, sonst hätte er schon zahlen müssen.

Sie wälzten sich im Gras, die Frau öffnete seine Hose und er bekam eine Erektion. Spätestens zu diesem Zeitpunkt hätte sich sein Gewissen wegen seiner Frau melden müssen. Tat es aber nicht. Im Gegenteil, er genoss die Situation, wobei er sich einredete, dass er, solange er die Sache nur passiv über sich ergehen ließ, keine Verantwortung trüge. Na, da machte er sich wohl etwas vor – schweigendes Einverständnis nennt man das wohl, wonach er sich verhielt. Und außerdem: Ganz passiv war er ja auch nicht, insbesondere, nachdem er seine Erektion bekommen hatte. Aber immerhin kann zu seiner Rechtfertigung gesagt werden, dass die Initiative nicht von ihm ausging.

Zwischendurch fragte er sie, wie sie denn eigentlich hieße.

„Atithi", antwortete die Schöne, ohne mit der Wimper zu zucken. Nach seinem Namen fragte sie nicht und zog ihr Ding durch. Max kam heftig.

Was dann passierte, war noch erstaunlicher als das, was bisher geschehen war:

Ein brennender Schmerz zog sich durch Max' Harnleiter hinauf bis in seinen Unterleib, wo er sich festsetzte. Max sackte stöhnend in sich zusammen und krümmte sich vor Schmerzen. Atithi verschwand wortlos in der Dunkelheit.

Max schleppte sich mühsam nach Hause und sank mit schmerzverzerrtem Gesicht auf die Couch.

„Was hast du, Liebling?", fragte seine Frau besorgt.

„Nichts, mein Schatz", antwortete Max. „Ich werde wohl das Essen in der Kantine nicht vertragen haben."

Was hätte er auch sonst sagen sollen? Dass er sie gerade mit einer wildfremden Frau betrogen hatte? Dass er sich dabei anscheinend etwas eingefangen hatte? Das würde er ihr nie erklären können!

Am nächsten Tag waren die Schmerzen noch schlimmer geworden und Max konnte nicht zur Arbeit gehen. Zum Arzt wollte er andererseits auch nicht. Jegliche Schilderung des Infektionsgeschehens wäre ihm unangenehm gewesen.

„Ich glaube, es wird schon wieder weggehen", beruhigte er seine Frau und zog sich zurück.

Er lag wimmernd auf der Couch und versuchte, den Schmerz zu ertragen, als ihn ein unwiderstehlicher Harndrang überkam und er auf die Toilette stürzte.

Wenn er nicht im Stehen gepinkelt hätte, hätte er nicht gesehen, was dann geschah: Unzählige winzige schwarze Maden quollen aus seinem Penis in die Toilette.

Hastig spülte er sie hinunter.

Ihn schauderte. Andererseits fühlte er sich jetzt etwas erleichtert und die Schmerzen ließen tatsächlich nach. Er beschloss, die Sache für sich zu behalten.

Anderen Männern ging es ähnlich:

In seiner Studentenbude hatte Franz die Vorbereitungen für die Klausur abgeschlossen und ging zu Bett. Da klingelte es an der Tür. Draußen stand eine wunderschöne nackte Frau, die sich mit den Worten vorstellte:

„Hallo, ich bin Atithi und muss dir etwas zeigen."

Damit drängte sie ihn in die Wohnung zurück. Viel Widerstand musste sie nicht überwinden. Franz ließ sich gern von ihr ausziehen und schlief mit ihr. Der Ablauf beim Orgasmus und danach war der gleiche wie bei Max.

Charlie arbeitete als Barkeeper in einem Nachtclub. Als er gegen Mitternacht eine freie Toilettenkabine aufsuchte, fand er darin eine umwerfend schöne nackte Frau vor. Sie zog ihn zu sich hinein und öffnete seinen Hosenschlitz. Er hatte nichts gegen einen Quickie mit der verführerischen Unbekannten einzuwenden und sie praktizierten die Antilopenstellung. Am Schluss erlebte er dieselbe böse Überraschung wie alle anderen, die mit Atithi Sex hatten.

Atithi zog unermüdlich weiter und beglückte viele Männer. Keiner verweigerte sich der schönen nackten Frau, die sich so großzügig anbot. Die wenigsten sprachen jemals über das, was danach geschah. Es war ihnen wohl peinlich. So konnte Atithi ungestört über lange Zeit nach immer neuen ahnungslosen Opfern Ausschau halten.

Die Brut

Robert hatte sein Tagwerk verrichtet. Als Leiter der Kläranlage trug er die Verantwortung für den reibungslosen Ablauf der ganzen Anlage. Heute hatte es keine besonderen Vorkommnisse gegeben. Er packte seine Sachen zusammen und wollte gerade nach Hause gehen. Da betrat Atithi den Raum. Der überraschte Robert erstarrte mitten in der Bewegung und glotzte die nackte Frau ungläubig an. Zu einer Reaktion war er nicht fähig und wich auch nicht zurück, als die Unbekannte sich ihm näherte.

Atithi liebkoste Robert, ohne es jedoch zum Koitus kommen zu lassen. Stattdessen küsste sie ihn, wobei sie ihre Zunge tief in seinen Rachen wandern ließ. Robert japste vor Vergnügen. Dann spaltete sich ihre Zunge immer weiter auf und die einzelnen Äste verjüngten sich immer mehr, bis sie in die Nasennebenhöhlen und die Stirnhöhle gelangten. Jetzt wurde Robert die Sache doch unheimlich und er versuchte, sich zu wehren.

Zu spät! Die Auswüchse ihrer Zunge hatten elektrische Impulse durch die dünne Knochenschicht auf sein Gehirn übertragen. Die Impulse gingen direkt an die Synapsen des Frontallappens und steuerten seine Gedanken. Es war, als stünde er unter Hypnose. Willenlos nahm er ihre Befehle entgegen.

Was sie wollte, war gar nicht so schwierig durchzuführen. Er sollte ein Extrabecken für die Maden freihalten, die demnächst mit dem Abwasser kämen. Was es damit auf sich hatte, erläuterte sie ihm nicht.

Robert führte ihre Befehle aus und bald befanden sich in einem großen Becken die ersten der kleinen schwarzen Maden, die all die beglückten Männer in die Toiletten entleert hatten. Auf Atithis Anweisung wurde regelmäßig eine Nährlösung ins Becken gekippt, die sie selbst hergestellt hatte, und die Maden wuchsen in erstaunlichem Tempo. Es kamen immer mehr dazu und sie wurden immer größer.

Es dauerte nicht lange, da hatten die ersten Maden die Größe von Menschen erreicht. Diese riesigen Maden verpuppten sich anschließend in entsprechend großen schwarzen Kapseln, die aussahen wie runde schwarze Särge und einfach nur herumlagen, während sich in ihrem Inneren eine geheimnisvolle Metamorphose vollzog wie bei einem Insekt. Was sich da entwickelte, würde Robert abermals überraschen.

Der arme Robert bekam jeden Morgen einen neuen Kuss von Atithi, um die Hypnose aufrecht zu erhalten. Immer noch lief er wie in Trance umher und sorgte dafür, dass niemand die Brut störte. Nach zwei Wochen platzten die ersten Puppen auf und was daraus hervorschlüpfte, raubte Robert den Atem. Es waren exakte Kopien von Atithi: wunderschöne nackte Frauen, die man nicht von ihrer Mutter unterscheiden konnte. Man musste Atithi wohl als die Mutter dieser Geschöpfe bezeichnen, da sie die Männer gewissermaßen befruchtet hatte. Eigentlich eine Vertauschung der Rollen der Geschlechter, aber an der ganzen Geschichte war sowieso nichts normal.

Sobald die schönen Frauen sich vom Schlüpfen erholt hatten, schwärmten sie in alle Richtungen aus und machten sich auf die Männerjagd. Sie gingen genauso vor wie Atithi selbst. Jede von ihnen nannte sich wiederum Atithi und es schien, als ob jede von ihnen auch die gesamte Identität von Atithi übernahm. Offenbar handelte es sich um eine Vervielfältigung des geheimnisvollen Wesens, wobei alle Exemplare telepathisch miteinander verbunden waren und eine einzige Identität teilten. Sie waren eine Person in vielen Exemplaren. Ihre Handlungen waren koordiniert und sie dachten alle dieselben Gedanken.

Alle Exemplare verführten die Männer, die ihnen begegneten und bewirkten im Endeffekt wieder die Ausscheidung von unzähligen kleinen schwarzen Maden durch ihre männlichen Opfer. Wenn es in diesem Maß weiterginge, würde die Welt bald von unzähligen Alien-Frauen besiedelt sein, die wiederum neue Kopien von

Atithi hervorbringen würden. Was würde dann aus der Menschheit werden?

Noch bemerkte niemand etwas davon.

Das lag daran, dass die Alien-Frauen sich im Allgemeinen gut verborgen hielten. Trotzdem konnte nicht ausbleiben, dass immer mal wieder eine der nackten Frauen gesichtet wurde. Das sorgte zwar für Erstaunen, hatte aber keine weiterreichenden Folgen. Was sollte auch schon groß passieren? Die Männer störten sich nicht im Geringsten an den nackten Frauen – sie genossen vielmehr den Anblick – und die menschlichen Frauen versuchten, sie zu ignorieren.

Wenn es dann doch mal zu einer Anzeige wegen öffentlichen Ärgernisses kam, löste sich das Ganze schnell in Wohlgefallen auf. Die Alien-Frau küsste einfach den diensthabenden Vorgesetzten und hypnotisierte ihn dadurch. Folgsam ließ er dann die Frau auf freien Fuß setzen. In den Akten tauchte der Vorfall zwar auf, wurde aber nicht weiterverfolgt.

Zum Gesprächsthema wurde es dann aber irgendwann doch, zumal manche der männlichen Opfer es mit der Angst zu tun bekamen und zum Arzt gingen. Hier zeigte sich dann, dass der Befruchtungsvorgang keinerlei sichtbare Spuren hinterlassen hatte. Mit der Ausscheidung der kleinen Maden war anscheinend alles erledigt. Genaueres wusste man nicht.

Gegenwehr

Helmut saß mit Max beim Bier und prahlte:

„Gestern habe ich die schönste Frau gevögelt, die du dir vorstellen kannst."

Max entgegnete großmäulig:

„Ich hatte sie schon vor einer Woche."

Es dauerte nicht lange, bis sie herausgefunden hatten, dass sie tatsächlich beide mit derselben Frau Sex gehabt hatten – mit Atithi. Und sie hatten beide dieselben Nachwirkungen erlebt. Darüber rückten sie allerdings nur zögerlich mit der Sprache heraus. Max meinte:

„Dieses Brennen in der Harnröhre! Ich dachte, ich hättc mir cinen Tripper eingefangen!"

Helmut lachte:

„Quatsch! Beim Tripper hast du das erst nach drei Tagen. Und es gibt noch einen

Unterschied: die Unterleibsschmerzen! Das war etwas ganz anderes."

„Ja, es muss eine Art Befruchtung gewesen sein, wenn man bedenkt, was da am nächsten Tag unten herauskam!"

Beide schauderten noch einmal beim Gedanken daran und nahmen einen Schluck Bier zur Beruhigung.

Helmuts Redseligkeit führte dazu, dass sich die Erlebnisse der beiden bald in der Firma herumgesprochen hatten. Auch Aglaia erfuhr davon und war am Boden zerstört. Aglaia versuchte schon seit Jahren, Helmut auf sich aufmerksam zu machen – ohne jeden Erfolg. Sie waren beide unverheiratet und Aglaia fühlte ihre biologische Uhr ticken. Sie hatte ein Auge auf Helmut geworfen und sich Hoffnungen auf eine Verbindung mit ihm gemacht. Allerdings reagierte der Angehimmelte nicht auf ihre Bemühungen, so dass sie überlegte, ob Helmut sich vielleicht nur nicht mit einer Kollegin einlassen wollte oder ob sie wohl nicht deutlich genug gewesen wäre. Und dann kam dieses Flittchen aus dem All und schnappte ihn sich einfach so!

In ihrer Verzweiflung erwog Aglaia, es ihr gleichzutun und Helmut ebenfalls mit ihrer Nacktheit zu konfrontieren. Sicher, so perfekt wie Atithi sah sie nicht aus, aber auszusetzen gab es an ihr auch nichts. Und wenn es offenbar sowieso nur auf die elementaren Triebe ankam, würde es kaum einen Unterschied machen.

So schlüpfte sie kurz vor Dienstschluss in Helmuts Büro und hauchte:

„Einen Moment bitte, Helmut. Ich habe eine Überraschung für dich."

Dann zog sie sich ohne viel Federlesens aus, kam zu ihm hinter den Schreibtisch und küsste ihn leidenschaftlich. Ihr Plan funktionierte. Eine nackte Frau, kombiniert mit der entsprechenden Gelegenheit – was einmal klappt, klappt auch ein zweites Mal. Aglaia hatte Sex mit Helmut und ab da lief es mit ihm. Nach diesem Ereignis verabredeten sie sich regelmäßig auf konventionelle Weise zu ihren Schäferstündchen. Nach einer Weile konnte man von einer Beziehung reden.

Helmut erzählte Max davon und meinte:

„Jetzt habe ich dasselbe wie mit Atithi, nur ohne Nebenwirkungen."

Max gratulierte und kam auf Atithi zurück:

„Das mit Atithi war schon richtig krass, nicht wahr. Wenn man es sich überlegt, kommt man zu dem Schluss, dass Atithi tatsächlich eine Alien-Frau sein muss, die mit uns ihren Nachwuchs gezeugt hat."

Nachdenklich fügte Max hinzu:

„Und wahrscheinlich nicht nur mit uns. Kein Mann wird ihr je widerstanden haben. Es wird eine Alien-Flut geben, eine Invasion."

Helmut meinte:

„Wir müssen etwas dagegen tun! Wir müssen Atithi das Handwerk legen! Das ist unsere Pflicht als Menschen."

„Okay", stimmte Max zu. „Wir sollten in den Park gehen und sehen, ob wir sie finden!"

„Gut. Schließen wir einen Pakt, dass wir das gemeinsam machen! Wir werden uns im Namen der ganzen Menschheit wehren."

Gesagt, getan. Sie durchstreiften den Park.

Tatsächlich sichteten sie nach einer Weile Atithi, die zunächst zielstrebig auf sie zuging, dann aber Witterung aufnahm und davonlief.

„Sie muss uns beim ersten Kontakt irgendwie markiert haben, damit sie nicht zweimal den gleichen Mann begattet", vermutete Max.

„Dann werden wir sie wohl kaum erwischen", stellte Helmut fest. „Wir werden die Sache der Polizei übergeben müssen."

Da sie nun schon mal unterwegs waren, suchten sie die nächste Polizeiwache auf und trugen ihre Geschichte vor. Die Beamten hörten sich erstaunt ihre Erlebnisberichte an, ja, sie neigten sogar dazu, sie zu glauben, wobei sie nicht einmal versuchten, ein breites Grinsen zu verbergen.

Sie dachten wohl:

„Was für Trottel sind das denn! Da sind ja zwei durch ein Wechselbad der Gefühle gegangen. Erst Glück, dann Pech. Voll in die Falle gegangen! Sich ungeschützt in so ein Abenteuer zu stürzen! Eine derartige Dummheit muss sich doch rächen!"

Sie hielten das Schicksal der beiden Lustmolche für gerechtfertigt. Erst das Vergnügen und dann die Strafe!

Die Gefühle der Polizisten wechselten zwischen Neid und Schadenfreude. So ist das: Wer den Schaden hat, braucht für den Spott nicht zu sorgen.

Die Beamten fanden die Sache zwar lustig, zweifelten dennoch zunächst noch an den Schlussfolgerungen der beiden Opfer, was die Alien-Herkunft der Frau betraf.

Dann erinnerten sie sich an die in letzter Zeit gehäuften Berichte über nackte Frauen in der Stadt. Hing das miteinander zusammen? Die Beamten beschlossen nun doch, der Sache nachzugehen.

Sie konnten eine der nackten Frauen fassen und ließen sie von Medizinern untersuchen. Mittels Ultraschall und CT fand man schnell heraus, dass sie nur äußerlich menschlich wirkte. Im Inneren besaß sie Strukturen, die etwas Ähnliches wie Organe auf Siliziumbasis zu sein schienen. Eindeutig außerirdischen Ursprungs! Ganz klar: Atithi war eine Alien-Frau und kam aus der Tiefe des Alls. Bei den neugezüchteten Wesen musste es sich um ihre Nachkommen handeln.

Die Befragung des Wesens ergab nichts. Die frauenartige Kreatur wusste entweder nichts über ihre Herkunft, oder wollte nichts darüber sagen. Sie befragten weitere solcher Wesen – immer wieder ohne Erfolg. Sie alle nannten sich Atithi und antworteten auf die Frage, was sie auf der Erde wollten:

„Liebe."

Das verstanden die Polizisten nicht.

Alles, was die Menschen nicht verstehen, betrachten sie als Bedrohung. So sind wir nun einmal. Hier handelte es sich dann offenbar um eine Bedrohung von außen und daher übernahm das Verteidigungsministerium das Ruder. Man setzte die Bundeswehr ein und bald sah man überall im Land Soldaten nackte junge Frauen jagen.

Entsprechendes trug sich auch in anderen Ländern ähnlich zu und die NATO entwickelte Verteidigungspläne. Selbst entferntere Länder wurden von dem Problem heimgesucht, wenn es denn ein Problem sein sollte.

Koexistenz

Hier stellte sich nämlich ein ethisches Problem: Was sollte man mit all den gefangenen Alien-Frauen machen. Genau genommen schadeten sie ja niemandem. Die Männer schliefen freiwillig mit ihnen und sie nahmen niemandem etwas weg. Als Silizium-basierte Wesen ernährten sie sich von Sand, den sie überall fanden. Das konnte man ihnen kaum zum Vorwurf machen. Über sexuelle Belästigung hatte sich ebenfalls niemand beklagt.

Nach langem Hin und Her entschied man sich schließlich, die Alien-Frauen wieder freizulassen. Es kamen ja sowieso immer noch neue hinzu. Man konnte sie nicht alle internieren.

Jetzt hatten die Alien-Frauen wieder freie Bahn. Trotzdem liefen sie irgendwann in Leere. Die einen Männer entfielen, weil sie schon einmal dran gewesen waren. Die anderen hatten die Schauergeschichten von den Nachwirkungen gehört und trauten dem Braten nicht.

So verloren die Alien-Frauen ihre Daseinsmotivation, die offenbar in ihrer Vermehrung bestand. Sie gingen in einen merkwürdigen Ruhezustand über, indem sie ihre Außenhülle mit Silikat anreicherten und sich so zu einer Art Statuen mit einer mineralischen Oberfläche wandelten. Sie sahen aus wie Marmorbildnisse. Diese Statuen von schönen nackten Frauen standen jetzt überall an verborgenen Stellen in den Städten herum. Man hätte sie für Venus-Statuen halten können, wenn man sich im antiken Rom befunden hätte. Nun befand man sich aber im 21. Jahrhundert und es schien fast, als wäre ein neuartiger Atithi-Kult entstanden, zumal viele Männer die attraktiven Statuen umarmten.

Dass sie dies taten, hatte einen Grund, den anfangs noch nicht alle kannten: Wenn man solch eine Statue lange genug ausgiebig liebkoste, erwachte sie zum Leben!

Immer mehr Männer machten sich ein Vergnügen daraus, eine der Statuen zum Leben zu erwecken und mit ihr herumzuknutschen. Das konnte sehr angenehm sein. Man musste nur aufpassen, dass es nicht zum Koitus kam. Und auch die Küsse konnten gefährlich sein, wie inzwischen die meisten wussten.

Erstaunlicherweise gab es ab und zu immer noch Männer, die sich über die Risiken nicht im Klaren waren und tatsächlich weitere Maden produzierten. Weitaus seltener erschienen Masochisten, die den schmerzvollen Abschluss des Sexes willentlich in Kauf nahmen und dabei voll auf ihre Kosten kamen. Auch sie schieden hinterher Maden aus. Lesbierinnen probierten es ebenfalls. Atithi tauschte auch mit ihnen Zärtlichkeiten aus. In diesen Fällen ging es tatsächlich nur um Liebe. Kleine schwarze Maden wurden nicht produziert. Frauen waren offenbar für diese Form der Vermehrung nicht geeignet.

Insgesamt waren die Menschenfrauen alles andere als zufrieden mit der Entwicklung. Sie hatten keine Lust, sich dauernd um die Treue ihrer Männer zu sorgen. Einige von ihnen gründeten eine Bürgerbewegung, um die Invasoren zu verbannen. Ein politisches Konzept dafür konnten sie jedoch nicht vorlegen. So verlief auch diese Bewegung im Sand.

Max hatte Gefallen an Atithi gefunden, das musste er sich eingestehen. Gut – Sex kam nicht mehr in Frage, aber trotzdem packte ihn das Verlangen, ihre Statue zu umarmen. Wie bei anderen auch erwachte sie zum Leben. Sie ergriff nicht die Flucht. Offenbar hatte die Markierung nur Gültigkeit gehabt, solange die Alien-Frauen auf Männerjagd waren. Das hatte sich nun wohl erledigt.

Jetzt ging es um geistigen Kontakt. Vorsichtig versuchte Max, ein Gespräch mit Atithi zu beginnen. Er fragte sie, woher sie käme. Sie deutete mit dem Finger in den Nachthimmel. Mehr nicht. So viel hatte Max sich auch vorher schon gedacht. Aber gut – weiter im Text:

„Und was willst du hier auf der Erde?“, fragte er neugierig.

Zur Antwort wollte sie ihn küssen. Sie neigte wohl mehr zu Taten als zu Worten. Max bekam einen Schreck und zuckte zurück. Er hatte von der hypnotischen Wirkung ihrer Küsse gehört.

Aber Atithi sah ihm tief in die Augen und beruhigte ihn:

„Hab' keine Angst!“

Das sagt sich so leicht! Er hatte aber eindeutig Angst! Und nicht zu wenig! Andererseits war der Blick in ihre Augen wie der Blick in die Weiten des Universums. Was gab es da nicht alles zu entdecken?!

Wer nicht wagt, der nicht gewinnt! Er nahm all seinen Mut zusammen und küsste sie. Wie bei den anderen Männern nahm sie Kontakt zu seinem Gehirn auf. Aber im Gegensatz zu den früheren Vorfällen versuchte sie nicht, es zu beherrschen. Im Gegenteil, sie eröffnete ihm Einblicke in ihren Geist: Eine fremdartige neue Welt zeigte sich ihm, die er zunächst nicht verstand. Dann aber kam eine Flut der Liebe, nicht einer sexuellen Liebe, sondern einer universellen Liebe, einer Liebe über die Grenzen dieser Welt hinaus. Er verstand: Diese Wesen wollten der Menschheit nichts tun. Im Gegenteil, sie wollten den Menschen etwas schenken, etwas Wunderbares, etwas, wovon die Menschen bisher keine Ahnung hatten. Er fühlte, dass dieses Wesen ihn liebte und er erwiderte diese Liebe. Dabei ging es nicht um irgendeine Art von körperlichem Begehren, sondern um unendliches Vertrauen. Das Körperliche spielte keine Rolle. Er sah diese Wesen in ihrer natürlichen Gestalt, die geschlechtslos war, nicht in der Gestalt, die sie den Menschen zuliebe angenommen hatten.

In ihrer wahren Gestalt wirkten sie lichtdurchflutet und filigran. Fast schienen sie nur aus Gliedmaßen zu bestehen, die einem kugelförmigen Zentrum entwuchsen. Da sie eine Sexualität nicht entwickelt hatten, musste ihre Evolution sehr viel länger gedauert haben als die der Menschen.

Die äußere Form einer Frau hatten sie nur für den Kontakt mit der Menschheit gewählt, und zwar deshalb, weil die Triebhaftigkeit der menschlichen Männer ihnen den leichtesten Zugang versprach. Außerdem wurden nackt herumlaufende Frauen auch von anderen Frauen eher geduldet als nackt herumlaufende Männer von anderen Männern.

Eine Frage lag Max auf der Zunge und er sprach sie aus:

„Warum hast du dich eigentlich Atithi genannt?"

Sie antwortete:

„Das ist Sanskrit und bedeutet ‚die Besucherin'. Wir sind etwas altmodisch und wollten eine alte menschliche Sprache benutzen."

Max stimmte zu:

„Ja, altmodisch ist es schon. Sanskrit beherrschen heute nur noch wenige, aber als Name geht es. Ich werde versuchen, mir das Wort zu merken. Vielleicht geht es, wenn ich dabei an ‚Titten' denke, zumal ich deine dauernd vor mir sehe. Die sind übrigens nicht von schlechten Eltern!"

„Sie sind gar nicht von Eltern, sondern konstruiert! Was nun aber deine Eselsbrücke betrifft, so ist sie vulgär."

„Ja, schon, aber die vulgären Eselsbrücken funktionieren meist am besten. Nimm nur das Wort ‚Stalaktiten‘! Wer einmal die Verbindung von Stalaktiten mit ‚hängenden Titten‘ hergestellt hat, wird nie mehr Stalaktiten und Stalagmiten verwechseln."

Atithi wandte ein:

„Es geht auch ohne Titten! Versuch's doch mal damit: Zerlege das Wort Atithi in seine Bestandteile. Tithi bezeichnet im Sanskrit den bestimmten Zeitpunkt. Da kannst du an ‚Tea Time‘ denken. Das A entspricht dem indogermanischen Alpha Privativum und verneint das folgende Wort. Daher ist Atithi jemand, der oder die nicht zu einem bestimmten Zeitpunkt, sondern unvermittelt auftaucht – ein Überraschungsbesuch."

Max stimmte zu:

„Das ergibt Sinn, aber ich bleibe lieber bei deinen Tittis."

Er wollte noch mehr über Atithi wissen und erfuhr so einiges.

Es gab diese Wesen schon sehr lange. Eine alte Spezies, die den Drang verspürte, ihr Wissen weiterzugeben. Dabei handelte es sich weniger um technisches Wissen als um eine Art Weisheit, ein Wissen um die Geheimnisse des Universums.

Ihre Heimat war der Planet, den wir unter der Bezeichnung Proxima Centauri b kennen. Er ist mit 4,2 Lichtjahren Entfernung so etwas wie ein kosmischer Nachbar der Erde. Um die immer noch beträchtliche Entfernung zu überwinden, hatte sie sich für die Dauer der Reise mineralisiert. Allem Anschein nach war die Menschheit eine der ersten Anlaufstationen jener Wesen bei der Missionierung des Weltalls.

Noch etwas wollte Max gern wissen:

„Wie lange lebt ihr und glaubt ihr an ein Leben nach dem Tod?"

Atithi antwortete:

„Nach euren Zeitmaßstäben leben wir ein paar hundert Jahre. Ein Leben nach dem Tod, wie ihr es euch vorstellt, erwarten wir nicht. Dennoch glauben wir, dass unser Leben in diesem Universum nicht alles ist, was uns zuteilwird.

Wir koppeln uns in unser kollektives Bewusstsein ein, das wiederum in das Gewebe des Raum-Zeit-Kontinuums eingebettet ist. Wir stehen gewissermaßen in Kontakt mit dem Universum. So erfuhren wir, dass es Strukturen gibt, die größer sind als das Universum. Diese Einsicht ist nicht rein wissenschaftlich. Geistige Schwingungen versichern uns unserer Existenz in einer Ewigkeit, die wir nicht erfassen können. Das reicht uns. Darauf vertrauen wir. Wir sind nicht so individuell orientiert wie ihr und nehmen uns nicht so wichtig. Uns in die Gemeinschaft eingebracht zu haben, genügt uns und das wird uns bleiben, auch wenn wir sterben. Wir schwingen mit der Unendlichkeit. Die Grenzen zwischen Geist und Materie verschwimmen. Eine Wiedergeburt in unseren Körpern erwarten wir nicht. Es gibt Besseres. Die Seele sehen wir als unsterblich an, wie auch ihr das tut. Der Tod ist nur ein unbedeutendes Ereignis in unserer kosmischen Existenz.“

Eine völlig andere Art zu glauben! Max musste seine Gedanken neu sortieren, aber ihm gefiel, was er lernte, und er wollte daran teilhaben.

Mitten in der glücklichen Erfahrung seiner Kommunikation mit Atithi erinnerte sich Max an seine Frau. Kurzfristig hatte er den Gedanken an sie ausgeblendet, aber diese universelle Liebe, die er hier kennenlernte, kannte keine Eifersucht. Seine Frau würde ihm nicht böse sein, wenn sie das ebenfalls erlebte.

Er fragte Atithi, ob auch seine Frau dieses Erlebnisses teilhaftig werden könne, und Atithi bejahte:

„Ich kann durch einen Kuss deinen Körper mit einer Substanz fluten, die du wiederum durch einen Kuss auf sie übertragen kannst. Diese Substanz enthält Botenstoffe, die in ihrem Gehirn ähnliche Bilder erzeugen werden, wie du sie gesehen hast."

Max stimmte zu, Atithi gab ihm den Kuss und er eilte nach Hause, um seiner Frau von der Sache zu erzählen. Als er auf den Kuss zu sprechen kam und ihr anbot, den selbigen gleich zu praktizieren, kamen ihr Bedenken:

„Wer weiß, was das mit mir macht! Das sind doch außerirdische Substanzen. Warum sollten wir das riskieren?"

Beruhigend sprach Max auf sie ein:

„Ich habe es doch ausgetestet. Es ist harmlos. Dafür bekommst du eins der schönsten Erlebnisse deines Lebens."

Lisa ließ sich schließlich überzeugen und er küsste sie. Sie keuchte, als die neuen Gedanken in ihr Gehirn eindrangen – aber vor Freude. Auch sie erfuhr die universelle Liebe und umarmte Max inniglich.

Formen der Liebe

Natürlich erzählte Max auch Helmut von dem Erlebnis und der probierte es mit Aglaia ebenfalls aus. Dann trafen sich alle vier mit Atithi im Park. Dabei kam es zu einem neuen Phänomen: Ihre geistigen Auren öffneten sich und vereinigten sich miteinander. Offenbar hatte die Veränderung ihrer Gehirne den Effekt, dass sie telepathische Fähigkeiten entwickelten, keine Gedankenkontrolle, aber eine Art Gemeinschaftserlebnis. Die Siliziumverbindungen, die Atithi in ihre Gehirne eingeschleust hatte, ermöglichten ihnen das offenbar. Sie kommunizierten in völliger Harmonie.

Es geschah ohne jeden Zwang und es gefiel ihnen. Sie teilten es mit wieder anderen. So verbreitete sich die universelle Liebe.

Nicht alle Menschen ließen sich gleich von den Vorteilen dieses neuen Zustandes überzeugen und einbeziehen. Max' Chef zum Beispiel spielte immer noch den großen Zampano. Er war einer jener Zeitgenossen, die durch Lügen und Intrigen aufgestiegen waren, ohne die dafür notwendige Kompetenz zu entwickeln. Hier lag ein klassisches Beispiel des bekannten Peter-Prinzips vor, das besagt, dass jeder Beschäftigte bis zur Stufe seiner Unfähigkeit befördert wird, so dass schlussendlich überall unfähige Mitarbeiter sitzen. So also geschehen in diesem Fall. Um sich keine Blöße zu geben, umgab sich der Chef mit einer Aura der Unnahbarkeit. Keiner sollte seine Fehler bemerken. Dazu hielt er seine Mitarbeiter auf Distanz und schüchterte sie ein, wo er nur konnte. Ein Fall, wie er leider nur zu allzu oft vorkommt. Wie sollte so ein Mensch zur universellen Liebe gebracht werden?

Ganz einfach: Max brachte Atithi mit ins Büro. Die Mitarbeiter waren alle längst auf seiner Wellenlänge und machten mit. Sie versammelten sich lächelnd im Büro des Chefs und sangen:

„Wir lieben dich!"

Zunächst war der Chef sprachlos. Dann drohte er damit, die Polizei zu rufen, wenn Atithi nicht sofort verschwände. Dazu kam es aber nicht, weil seine Sekretärin überraschend sein Gesicht in beide Hände nahm und ihn auf den Mund küsste. Dabei flossen Substanzen auf ihn hinüber, die ihn beeinflussten. Alle fassten sich bei den Händen und summten lächelnd. Und schließlich begann auch der Chef zu lächeln und stimmte in das Summen ein. Er hatte es verstanden und war nun einer von ihnen.

Sie teilten ihre Erlebnisse mit vielen anderen Menschen und mit der Zeit verbreitete sich die universelle Liebe über den ganzen Planeten. Atithi und ihre Töchter waren überall mit dabei und unterstützten die Menschen auf ihrem Weg zur Perfektion. Was zunächst wie ein vereinzelt auftretender Atithi-Kult ausgesehen hatte, verbreitete sich immer mehr, nur eben nicht als die Verehrung einer Göttin, sondern als ein menschlich-kosmisches Gemeinschaftserlebnis.

All die menschlichen Feindseligkeiten wurden eingestellt und die Menschen liebten sich gegenseitig. Die Menschen hatten diesen Weg schon immer unbewusst gewollt. Er war ihnen im Christentum gezeigt worden und hatte sich weltweit verbreitet, ohne dass allerdings die schlechten Seiten des Menschen ganz überwunden hätten werden können. Mit Atithis Hilfe gelang das nun endlich.

Die Telepathie half nicht nur bei der universellen Liebe. Auch die geschlechtliche Liebe, die ja eine Eigenheit der Menschheit war, konnte tiefergehend ausgelebt werden. Die Partner verschmolzen nicht nur körperlich miteinander, sondern auch geistig. Diese Liebe war ehrlicher und einfühlsamer als die bisherige.

Max und Lisa verliebten sich auf diese neue Weise noch einmal ineinander. Jetzt spürten sie noch deutlicher, wie wichtig sie einander waren und öffneten sich gegenseitig ihre Herzen.

In dieser Offenheit empfing Max plötzlich Lisas Kinderwunsch und verschloss sich dem nicht. Ja, sie waren sich einig, dass sie sich Kinder wünschten.

Aber da gab es ein kleines Problem: Hatte Max' Geschlechtsverkehr mit Atithi seine Keimzellen beeinträchtigt? Würde Lisa nun schwarze Maden gebären, wenn sie von ihm schwanger würde?

Im Zuge ihrer gegenseitigen Öffnung hatte Lisa alles über Max' Abenteuer erfahren. In ihrem neuen Geisteszustand hatte sie ihre Eifersucht überwinden können. Sie trug ihm nichts nach. Aber wie stand es mit Max' Zeugungsfähigkeit?

Max beruhigte sie:

„Atithi würde uns nie schaden. Ich vertraue ihr, weil ich in ihr Innerstes geblickt habe. Wenn das Erbgut unseres Kindes geändert werden sollte, dann zum Vorteil des Kindes."

Lisa erwiderte:

„Dann ist es aber nicht nur unser Kind, sondern auch ihres. Ich bin mir nicht sicher, ob ich das will. Andererseits teile ich dein Vertrauen in Atithis guten Willen. Trotzdem ist mir der Gedanke unheimlich, dass fremde Einflüsse das Erbgut unseres Kindes beeinflussen könnten."

Einen Augenblick dachte Max nach. Dann stellte er die entscheidende Frage:

„Willst du dann lieber doch keine Kinder haben?"

Ihre Antwort brachte die Entscheidung:

„Doch, ich denke wir sollten es riskieren und uns der ungewissen Zukunft stellen."

Neun Monate später kam ihr Sohn Olaf zur Welt, ein gesunder Junge. Er erwies sich als durch und durch menschlich. Nur dass er über telepathische Fähigkeiten zu verfügen schien, konnte als ungewöhnlich bezeichnet werden, wenn es sich auch als praktisch erwies: Schon bevor er sprechen konnte, spürten seine Eltern, wenn er etwas wollte, und konnten ihn durch ihre liebevollen Gedanken beruhigen, bevor er schreien musste. Das erleichterte vieles.

Mit den Jahren entwickelte sich Olaf zu einem netten jungen Mann, der mit allen gut zurechtkam. Er verliebte sich in eine junge Frau, Evelyn, mit der er sich wortlos verstand. Auch ihr Vater hatte einst Verkehr mit Atithi gehabt. Menschen wie sie gab es viele und es wurden immer mehr.

Viele weitere Jahre vergingen. Max und Lisa bekamen Enkel geschenkt und standen glücklich am Ende ihres Lebens. Nur das Abenteuer des Sterbens wartete noch auf sie. Einige Krankheiten hatten sie schon mit Atithis Hilfe weitgehend zurückdrängen können, mit der Folge, dass sich nun die Ermüdungserscheinungen ihrer Körper aufgestaut hatten. Sie litten unter Beschwerden, die das Leben mühselig machten und bald zur Qual werden lassen würden. Die menschliche Lebensdauer lässt sich nun einmal nicht beliebig verlängern. Als tröstlich empfanden sie es, dass dieser Vorgang sie beide mehr oder weniger gleichzeitig betraf und sie sich gegenseitig dabei begleiten konnten. Es ließ sich nicht leugnen, dass der Tod der nächste Schritt sein würde und sie hatten sich darauf eingestellt.

Vor dem Tod hatten sie weniger Angst als vor dem Sterben. Sie hatten ein Leben lang Zeit gehabt, sich an den Gedanken zu gewöhnen, dass ihnen der Tod unausweichlich bevorstand. Aber der Übergang vom Leben zum Tod, das Sterben, könnte noch einmal unangenehm werden.

Atithi versprach Hilfe. Sie würde sie beide zusammen hinüberführen in jene Sphäre, in der ihre Seelen Raum und Zeit hinter sich lassen würden. Das Ehepaar wollte sich auf diesen Vorschlag einlassen, versammelte, als sie empfanden, dass es an der Zeit war, die Familie um sich und legten sich gemeinsam zur Ruhe.

Als sie so ruhig nebeneinanderlagen, verabschiedeten sie sich von den Umstehenden. Schließlich gaben sie sich die Hände, sahen sie sich gegenseitig in die Augen und Max sagte zu Lisa:

„Ich bin bei dir und ich bleibe bei dir.“

Lisa antwortete:

„Und ich bleibe bei dir. Für immer.“

Sie küssten sich ein letztes Mal, dann nickten sie Atithi zu. Atithi stellte sich ans

Kopfende des Bettes und legte ihnen beiden gleichzeitig ihre Fingerspitzen an je eine Schläfe und verharrte so mit geschlossenen Augen, ohne zu sprechen. Die beiden fühlten eine tiefe Ruhe sie durchströmen, schlossen ebenfalls die Augen und schliefen friedlich gemeinsam ein. Tatsächlich war das dann schon alles gewesen: Sie hatten den Schritt vom Leben in den Tod getan.

Die Hinterbliebenen hatten gespürt, dass der Abschied harmonisch war. Sie blieben noch eine Weile still beisammensitzen. Dann fragte Olaf Atithi, wo die Seelen der Dahingeschiedenen nun seien. Atithi reichte den im Raum stehenden Angehörigen die Arme. Sie bildeten einen Kreis und öffneten sich dem Universum. Max und Luise, die Teil eines Hyper-Universums waren, konnten ihnen auf diese Weise Trost und Beruhigung spenden, nicht in Worten, aber in Gefühlen. Alle waren glücklich.

Die Welt wurde eine Welt der Gefühle. Es ging um positive Gefühle, hauptsächlich um Liebe. Wer hätte davon zu träumen gewagt? Die Menschheit fand zu ihren Idealen zurück: Sie hatte sich verbessert.

Atithi blieb bei den Menschen. Sie erneuerte sich immer wieder und begleitete die Menschheit auf dem Weg in die Zukunft. Es gab keine Streitigkeiten mehr. Statt Vergeltung zu üben, versuchte man sich in liebevoller Vergebung. Im Großen wie im Kleinen. Kriege gehörten der Vergangenheit an, so dass die Armeen abgeschafft wurden. Die Rüstungsindustrie verschwand. Keiner brauchte mehr Waffen und es gab bald keine mehr. Eine paradiesische, eine christliche Welt. Eine Welt der Liebe. Es hätte besser nicht sein können.

Zu diesem Zeitpunkt griffen die Invasionstruppen der Außerirdischen an. Natürlich waren sie technisch dazu in der Lage. Sonst hätten sie die Entfernung zur Erde nicht zurücklegen können. Auch waren sie nicht so friedlich, wie Atithi den Menschen vorgegaukelt hatte.

Das ganze Engagement Atithis diente nur der Vorbereitung der Invasion, indem die Verteidigungsbereitschaft der Menschheit geschwächt wurde. Aber nicht nur das. Vor allem wurde die Menschheit psychisch auf ihren Untergang vorbereitet. Ein Akt der Gnade. Ähnlich ist es ja mit der Religion: Sie soll den Menschen die Angst vor dem Tod nehmen.

So trafen die Außerirdischen auf keine nennenswerte Gegenwehr. Die meisten Menschen begegneten den Angriffen mit liebevoller Vergebung und wehrten sich nicht. Das war der richtige Weg. Die Außerirdischen gewährten ihnen einen angenehmen Tod.

Zu diesen Menschen gehörten auch Olaf und Evelyn, die sich in das Unvermeidliche fügten. Atithi begleitete sie genauso wie seinerzeit Max und Lisa in den Tod. Der einzige Unterschied bestand darin, dass das Unvermeidliche bei Max und Lisa in den Beschränkungen der menschlichen Biologie begründet war, bei Olaf und Evelyn in dem Bedürfnis der Außerirdischen nach neuem Lebensraum.

Was macht es für einen Unterschied, welches die Gründe für den Tod sind, wenn der Tod nur angenehm ist? Irgendwann ereilt er uns sowieso. Man könnte es als einen Kobayashi-Maru-Test ansehen In diesem Test geht es darum, die Charakterstärke in einer No-win-Situation zu testen. Olaf und Evelyn machten das Beste aus der Situation unter den gegebenen Umständen. Sie bestanden den Test. Die meisten Menschen taten das.

Wo indes Gewalt erforderlich war, wurde sie von den Außerirdischen ohne Zögern eingesetzt. Ihre Waffen hatten sie ganz auf die Eigenheiten der Menschen eingestellt und sie erwiesen sich als sehr effektiv. Die Außerirdischen eroberten den Planeten mühelos.

Die Menschheit wurde zwar ausgerottet, aber sie hatte vorher die glücklichste Zeit ihrer Geschichte erlebt. Sie hätte es schlimmer treffen können. Die Außerirdischen hatten größtenteils auf brutale Gewalt verzichtet und der Menschheit durch geistige Vorbereitung ihren Untergang leicht gemacht.